你的藍色不是我的藍色

Yilian • 著

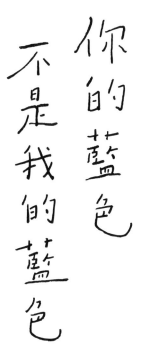

CONTENTS

目次

序

在一棵婀娜的臺灣欒樹下，我輕輕呼吸著。呼吸原味的清香空氣，依賴大樹無私的蔭涼。遠方山頭送來一陣微風，微風沿山坡傾流而來、繞著樹幹盤旋而上，再捻下一把樹冠上的黃花，溫柔托著，讓花緩緩落在我的身側。風，一陣又一陣；花，一把又一把，我的周圍已鋪展成一片金黃色地毯。

彷彿昇華到人們口中的天堂。在一個不被打擾的奇妙空間，我有自己相伴。潛入內心的海洋世界，徜徉在包圍我的自由，終於可以毫無顧忌地對你說真話。說我的各種心情，各種經歷。曾經那麼開心，積極、正面、鬥志高昂；也曾害怕恐懼，孤獨、沮喪、身心俱疲。親愛的，不怕，有我在。

我是我，你也是我。我想你也不會介意吧？不介意或許有人無意間翻開書頁，一段一段聽著我們的對話。可能他與我們一樣，也不明白原因來到人間世，接著經歷類似的喜怒哀樂，過著所謂人生；與我們一樣，過段時日，也會離開世界。迷迷糊糊地走，或胸有成竹離去？是否會帶著遺憾與悔恨？

過了一個午後，夕陽漸斜，欒樹依舊。生命中有多少無常變化不止？有沒有一處恆常如奔流中的磐石？讓我回到滾滾紅塵時，有能安心休憩、安靜喘息的一隅。起身告別臺灣欒樹，告別短暫的緣分，金黃色地毯獨缺一塊我的形狀。是我存在的痕跡嗎？也許我曾經存在。

輯壹

破蛹

被動地來到世界上，懵懵懂懂。
被交付生命一大把，何去何從？
破蛹後，我看向無垠的天高地闊。
為尋覓答案，
抖動躍躍欲試的雙翅，
深吸一口氣，
獨自飛向未知、飛向迷惘、飛向徬徨……

生命中的第一份無奈

01

就我所知，
並沒有人徵詢我的同意，我便被出生於世上。

「出生」是我活到這個歲數，
遭遇過無數個無奈中的先鋒。
被迫出生，卻未被賦予出生的意義；
被迫出生，卻未被提供溫飽的保證；
被迫出生，卻未被保障終身的幸福。
一路跌跌撞撞，
偶爾確實能感受到生命的美好，
常常也懷疑我的生命是個錯誤？

至今我仍不確定我活著的意義為何。
或許有個特定目標？
或許其實毫無意義？
或許我能自行定義我的生命？

如果生命的意義不是選擇題、是非題，
讓我們在這道問答題下方的空白處勇敢地揮灑！
寫一篇美麗的詩作也行，
畫一幅自我的驕傲何妨？

共同獨處

02

你有獨處的時候嗎？
你喜歡獨處的時候嗎？
你害怕獨處的時候嗎？

夜深人靜，
獨自臥房，
只存留自己，
一顆心、一副軀體。

沒有社會、沒有工作，
沒有他人、沒有評論，
沒有一絲外在世界存在的證據。
客廳一角的獎盃，
銀行存摺的財富，
若有似無。

獨處時與自己對話：
你的心是乾淨的顏色或汙濁的氣味？
你的身是輕靈自在的或痠痛疲憊的？

我喜歡獨處的時候。
提醒我善待自己的時候，
也是眾人陪伴我的時候。
在夜幕星空下，
有其他同伴共同獨處。
雖看不見，
但感受得到。
因為我們有一樣的渴望，
一樣的脆弱、一樣的難題、一樣的咬牙不懈……

不想長大

03

年紀越長，越常聽到這句「不想長大」。
從朋友口中，或從自己的腦海中……

可不是當初你自己嚷著「想快點長大」的嗎？
你憧憬長大後的行為自由；
你期待長大後的身體成熟。
但我反而羨慕你，
羨慕你的無憂無慮；
羨慕你的單純天真。

不！
我不羨慕了！
因為沒時間羨慕過去或未來了。
往年往日是不復存在的歷史記憶；
此時此刻是最該把握的年輕時刻。
每個時期都有優勢和缺陷，
別看著現在的缺陷、望著過去的優勢不再，
請欣賞現在的優勢、慶幸未來的缺陷未至。

時間如沙漏中的細砂流暢瀉漏，
專注當下便不負犧牲自我的砂。

奇怪的大人

04

大人喜歡數字。
他們會問我的年齡、薪水、電話、身分證字號，
而不會問我喜歡的運動、喜歡的食物；
他們會覺得貴的東西品質好、便宜的要搶購，
也會為了湊滿額優惠而買一些用不到的東西；
他們最在意存摺裡的數字。如果有錢，大人會優先存到存摺裡，或是買保險，而不是用錢換得能令他們當下開心的東西。

大人喜歡規定。
他們會設計規範或法律，讓社會看似井然有序、公平正義，卻衍生更多問題，讓偷雞摸狗的聰明人能理直氣壯，弱勢族群有苦難言；
他們也會規定時間到了就該結婚、該生小孩，還會規定長長的上班時間，短短的吃飯休息時間。

大人喜歡禮貌。
他們擅長委婉地說話，並認為別人應當聽懂弦外之音，不說破比直截了當更合他們的意。
例如他們會恭喜懷孕的準媽媽，卻不談任何受孕前必經的交合過程，他們認為那是不雅的；
又例如他們覺得說「錢」俗氣、講「死」會帶來壞運氣。

大人喜歡自以為是大人。
他們不看卡通，卻愛看同樣作假虛構的電影；
他們教育小孩，卻無法約束自己，常犯相同的錯；
他們還是像孩子一樣想要賴、想玩耍、想撒嬌，卻在他人面前正經八百地表現得像個大人。

為什麼大人常自以為是大人呢？
我呢？
我是大人了嗎？
我自以為是大人嗎？

05

就靜靜地老

今日比昨日老了一天，
明日比今日再老一天。
潛移默化的老化令我們不知不覺，
還以為每天都一樣年輕，
還以為沒有老、不會死亡。

期待我很老的時候，
是不是已習慣漸漸豐富的皺紋？
覺得自己的皮膚雖不如嬰兒，卻也尚佳；
期待我很老的時候，
是不是已放下許多執著？
明白自己擁有的很少，卻已足夠；
期待我很老的時候，
是不是已明白大自然的律法？
接受四季輪轉，也明白物極必反。
隨遇而安，內心無波無瀾、無欲無求。

幾行字，須以幾十年的等待交換；
幾十年的光陰，卻僅是宇宙中冗夜流星之瞬。
現在是過往的未來，也是未來的過往。
好多以前的事情，我已不在意；
現在的事情，老年的我也不在意吧？
這樣想想，
好像沒什麼事情值得在意、
沒什麼事情值得擾動內心平靜，
就靜靜地老，靜靜地老……

老，
多麼自然美好。
不是老得剩下殘疾，
也非老得僅存頑固。
用青春兌換智慧，
用時間交易透徹。
在盡頭，我終於能體驗心靈是否永恆。

雙足哺乳動物

06

當我徬徨不知所為時，
我會向自然尋求答案。
向風、向晴雨，向草木、向各種動物請教。

有一種少見的雙足哺乳動物，
大部分的特性應如同其他動物，
平等無二。
向其他無憂無慮的動物學習，
希望我也能成為無憂無慮的動物。

就像牠們一樣，
原來我理所當然有飲食的需求，
原來我理所當然有情慾的渴望，
原來我理所當然有關愛同類的天性。

可是牠們，
會無所事事地發呆，難道不浪費時間嗎？
會當下有食物就吃，難道不存糧保障明天嗎？
會讓情緒事過境遷，難道不用提防仇人嗎？
會接受命運不自盡，難道不了結痛苦的生命嗎？

人之所以自認有別於動物，
興許是因為有思考的能力。
然而也因這項能力作繭自縛。
自命清高地揮舞道德的旗幟，指責異己；
自作聰明地建構社會的堡壘，緊張同類間的關係；
自以為是地對抗自然，算計疾病和死亡。

雙足動物如何運用智慧的兩面刃？
脫去動物本性的同時，
將走向不可挽回的毀滅？
或能回歸生命初心、無憂無慮，
進而提升心靈層次？

風來時，
草偃樹搖曳；
風止時，
草木靜養；
風狂時，
殘葉折枝作春泥，
薪盡火傳神永存。

輯壹

30

戒的旅程

07

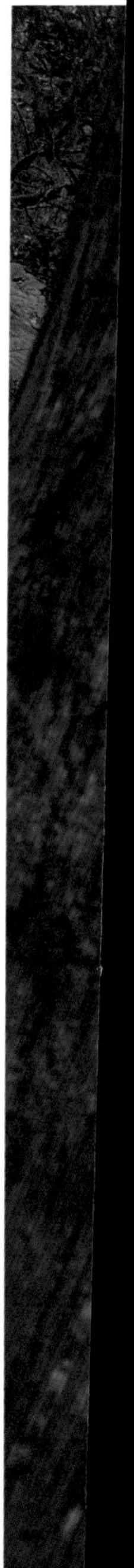

戒甜食後體悟到：
壓抑欲望是戒的過程，
了無欲望是戒的真諦。

聽說糖的攝取不利於健康，
便願意為了健康，嘗試捨棄甜味刺激而來的多巴胺。
初期會對著眼前的甜點掙扎。
經過多次練習後，能明白甜點的本質——
糖、澱粉、奶油、色素交織而成的幻象。
也能從記憶翻出「吃完不過如此」的感受，
甚至太撐或胃痛的負面經驗。
現在則可以輕鬆而滿足地拒絕誘惑，
移開短暫停留在繽紛甜點上的視線。

比起積極地運動或閱讀，
戒掉某些壞習慣是消極的「不作為」，
應該更容易做到才是？
我不吃甜食、不買香菸、不賭博、
不做曾經在做過這件事後心生懊惱的事。

會心生懊惱的事因人而異。
我戒自己定義下無益的活動，
不必在乎別人的說法。
對我而言，
戒甜、戒菸、戒拖延、戒晚睡、戒殺時間的遊戲、
戒不運動、戒不均衡飲食、戒不善待自己的身心。

可以慢慢來，
對於你心生懊惱的事。
如果孤單，可以呼朋引伴；
如果疲憊，可以稍憩暫歇。
戒不是犧牲、不是痛苦難耐，
而是漸漸走向輕鬆、無重擔的蛻變。

不外乎練習

08

練習是成就的唯一途徑。
練習可能耗時、磨耐性，
但仍然只能透過練習以接近理想。

母語說得好，是因為自幼同一句型千萬次的練習；
走路走得穩，是因為每次跌坐後再站起來的練習；
吞嚥、抓握、著裝等理所當然，無非因練習而熟練。
如果你有看過一些身心障礙的朋友或幼兒，
應能發現很多理所當然的動作並不容易。
我和這些朋友及幼兒都透過練習，讓生活更駕輕就熟。

不說身心障礙的朋友練習得吃力，
談談常態分布中段的大多數人。
舀湯吃飯還是會把食物灑出或掉到桌上，
是練習不成還是並不在意？
又一次吃太撐、又一次喝太醉、又一次睡不夠，
是練習不成還是不願意改變？
遇到挫折，仍舊放任情緒張牙舞爪？
遇到爭執，仍舊扯嗓地得理不饒人？
遇到得失，仍舊在意得放不下過往？
如果一次次的練習機會中沒有成長進步，
再下一次的相同事件就只是輪迴與重蹈覆轍。

我練習工作上的專業技能，
也練習感興趣的才藝運動。
練習抬頭挺胸，
練習好好走每一步路，
練習理性處理事情，
練習掌控情緒的穩定，
練習分分秒秒都平和喜悅。

天地的乞者

09

吃這一口飯，
我想，我和企業家一樣富有。
中午餓的時候，他也用筷子夾一口米飯吧？
躺在棉被裡，
我想，我和國王一樣尊榮。
夜晚累的時候，他也在被窩裡闔眼入睡吧？

白天各式各樣的人在城市穿梭。
有不同的打扮、有不同的職業，
但其實是一樣的，
大家都會餓會渴會疲憊。

晚上各式各樣的人在家中休息。
有不同的裝潢、有不同的環境，
但其實是一樣的，
無拘束地坐著躺著，
放鬆地洗澡換衣服。
入睡後，
脫去正式的制服，
卸下嚴肅的表情，
更是人人一個可愛的模樣。

再高貴的人，
也只在人類社會的某圈子中高貴。
我們都依賴食物、依賴土地、依賴陽光，
我們的生命全仰賴天地的施捨，
平等的我們，無疑地，不過是天地的乞者。

接納自己的全部 10

過去的我存在回憶之中——無法改變；
未來的我不在未知之內——充滿可能！

過去很短，只在腦殼之內；
未來很長，延伸天際之外。

影子或許能暫時不存在，
這副身軀卻一秒也不得擺脫。
如果不愛自己身體的全部，
豈不得忍受與厭惡的身體常伴相隨？

過去或許能被淡忘，
被在意的記憶卻根深柢固。
如果不原諒自己曾經的魯莽過錯，
豈不得承受自己判下的無期徒刑？

親愛的，
我不希望你如此折磨。
請原諒自己、放下曾經，那已是不能篡改的經歷；
請珍愛自己、接納身體，那已是能夠擁有的最好。
培養身體技能、
發展涵養智慧、
修練心靈慈悲、
雕琢未來更滿意的自我。

事事如意

11

還小的時候，內心有少少的願望；
長大後，貪心的願望多如牛毛。
於是神殿內、流星下、蠟燭前，許一個「事事如意」。

很遺憾……
親愛的，
殘酷的事實是：人生不會事事如意。
有人喜涼、有人好暑，
上天已竭盡所能地分配四季；
有鳥日出、有蛾夜行，
上天已公平公正地日夜各半。
若盡如我意，
他人豈非不如意？

外在是無法控制的命題，
行為是自主選擇的應對。
雨時撐傘、晴時躲蔭；
著衣禦寒、飲水消暑，
也就舒服地過了。

用彈性柔軟的心念迎接千變萬化的環境。
反覆想著處境的艱難，就是煎熬；
若能想著處境的有趣，就是享受。
豔陽雖灼熱，卻也乾爽衣裳；
雨水雖濕身，不也滋潤花兒？

意意如事
則
事事如意。

輯貳

盲流

飛著飛著，
我不知不覺加入了一個社會。
模仿別人、在意別人，
做著跟別人一樣的事。
聽說這種「洗腦」稱作「教育」或「合群」。
能有歸屬感真好！

只是，我以為幸福的歸屬感，
怎麼好像使我越來越無力、越來越空洞……
曾經嚮往的答案，
越來越近？越來越遠？

科技的好意，人們的焦慮

01

大清早，
在朝陽滲透進臥房窗櫺之前，
訊息已從手機面板滿溢一地。
世界魯莽地擠進各種小小的螢幕，
不客氣地綁架現代人的視聽思想。

為什麼我要知道地球彼端的故事？
為什麼我要知道名人的婚喪喜慶？
為什麼我要知道落後於我的悲慘？
為什麼我要知道優越於我的奢華？
我只想安靜滿足地過屬於我的生活……

為什麼我能聯繫千百位聯絡人？
為什麼我能查詢各領域的知識？
為什麼我能使用衛星定位導航？
為什麼我能休假時被長官指派？
我只想專注在當下的自己和周遭……

科技進步了，
但人類進化了嗎？大自然變動了嗎？
一樣的四季流轉、
一樣二十四小時、
一樣的大腦容量、
一樣溫熱的心臟。
我們需要的並不多，
例如幾位家人和知心朋友，
例如一方足夠活動的環境，
例如簡單養活自己的技能。

科技的好意，
帶來方便的生活，
附贈新的問題，
也創造人類的又一波不滿足。
於是科技又熱情地，
自告奮勇。

信 箱
28

BEAUTIFUL DAY
HANDMADE DESSERTS
TUE. OFF

大社會的小齒輪

02

你會選擇穿著華麗的禮服臥床難行？
或一身襤褸破褲在街道上遊蕩漫行？

有一物種，被稱作人類。
棲息地是資本主義社會。
其生活史大致分為以下幾個階段：
懵懂期—求學期—工作期—退休期—死亡

其中工作期是最長的階段，
也是人類一生中最重要的時期。
之前的求學期是為工作期做準備：
「小時候不好好讀書，以後長大找不到好工作。」
之後的退休期則仰賴工作期的積累：
「多努力一些，早點賺夠就早點退休了。」

經研究證實：
人類是團結的社會性動物，
牠們願意將最有體力的黃金歲月奉獻給工作：
幫助公司業績蒸蒸日上，社會經濟節節高升。
就像巨大精密機器中的齒輪堅守崗位，
即使燃燒自己的健康、
即使隨時可能被替換、
即使大社會毫無感情、社會的進步也毫無回饋，
人類仍赴湯蹈火。

人類寧願穿西裝高跟鞋，在機器上的一處空轉；
不願擺脫資本主義的勒索，在自然天地間遨遊。

暴力標籤

03

標籤像一支支粗重的鐵條，
在我周圍的地上歪歪斜斜地插出四面牢牆。
關住我的自由彈性，
還要我知足地微笑、
放棄外頭危險的遼闊和精采冒險。

不計其數的鐵條中，
一支鐵條上標著：
男生不可以哭，要有男子氣概。
於是我壓抑柔軟的一面，躲藏起來。
一支鐵條上標著：
資優生成績優異，社會棟梁。
於是我一路上步步為營，膽戰心驚。
一支鐵條上標著：
長大要有長大的樣子；
專業要有專業的樣子。
脫去制服和外衣，仍需保持專業和成熟的形象？

不只負面的評論是強貼標籤的暴力行為，
一句讚美，也可能是偽裝成祝福的暴力標籤。

翻開讚美的標籤背面，寫著勒索二字。
「你不是很養生？怎麼會喝冰的呢？」
「你不是很聰明？怎麼考得這麼差？」
「你不是很熱心？怎麼這也不願幫？」
讚美會消耗對方「表現得不完美的勇氣」。

只有姓名，是我勉強接受的標籤。
其餘只是限制自由的阻礙。
每一個當下的內心都有獨特的狀態，
所謂的原則或標籤，可能就是跟隨當下的心吧！

我們不需要對任何人負責自己的模樣。
勇敢拔除周遭一支支的鐵條，
也用開放性的溝通，讓出他人自由舞動的空間。
用支持、感謝和陪伴，取代批評、苛責和讚美。

身分的外衣

04

父母眼中長不大的寶貝、
孩子眼中全能的超人、
情人眼中撒嬌的幼稚鬼、
朋友眼中少根筋的瘋子、
客戶眼中專業的職人，
都指向同一個我，濃縮成同一個我。

這不是裡外不一或心機的假面具，
只是在不同場合換上合適的外衣罷了。

有的衣服穿起來沉重、有的幸福；
有的衣服穿起來彆扭、有的自在。
請別忘了愛惜受衣服掩蔽的真實內心。
回到安心的家時，獨自存在，心一絲不掛。
他如華麗的禮服般光彩活力？
還是已經被社會和自己的疏忽折騰得乾癟麻木？

我想褪去一件件外衣，
用最真實的面貌和每顆真心打交道。

職業包裝著誰

05

有些職業在大眾眼裡具負面形象。
男妓女妓：不務正業、情色下流；
強盜小偷：不事生產、偷拐搶騙；
乞丐街友：好吃懶做、社會米蟲。
但我們不知道他的故事。
他可能為養家餬口，迫於無奈；
他可能已走投無路，出此下策；
他可能是身心障礙，受盡委屈。

有些職業在大眾心中是正派的英雄。
警消法官：守護正義、主持公道；
醫護人員：濟世救人、醫德崇高；
修道人士：慈悲為懷、勸人向善。
但我們不知道他的故事。
貪汙？斂財？詐騙？

當只認識他人的表象時，無從評論；
當更認識他人的內心時，亦不評論。
既無真正理解其本質之日，
便無評論其人之時。
外在行為表象與職業，何足道邪？

妓

06

在書裡收錄照片與文字。
拋頭露面的照片是我的樣貌；
掏心掏肺的文字是我的心思。
如此「出賣」自己的肉體與靈魂，
我是不是一名「妓」？

我只從電影、戲劇中片面認識妓。
有的陪酒、有的賣藝、有的性交，
藉以賺取金錢，養家餬口。
這職業多半被貶低而不光彩。

不光彩嗎？
一樁雙方同意的交易，
與第三人何關？第三人何權置喙？
就像把不能吃、不能喝的石頭起名「鑽石」，
遂價值不斐，有人賣、也有人買。
我雖不理解，也絕對尊重，不批不貶。

更多的是熬夜賣肝、賣時間的人。
加班賣親情、應酬賣尊嚴、為業績賣良知。
賣掉珍貴的擁有，換取金錢、養家餬口，
與妓何異？

在人間世，不免有許多不得已。
期許我心能包容宇宙、同理異己，
在諸多不得已中，對自己的選擇坦然以對。

沒有終點的運動場

07

自有記憶之初，
我已是一名學生。
小小的腦袋
隨時惦記著
少少的作業
玩耍總不很盡興。

如今，
稍微寬大的肩膀
扛著不輕的壓力，
關於工作、債務、感情、人情……
休息總不很徹底。
一邊認命扛著、一邊又納悶著……

我以為罪魁禍首是因為老師愛出作業。
後來發現老師的「老師」是校長、
校長的「老師」是教育局、
家長會、立委、選舉、權力……
似乎大家都被狹持著狹持他人。

我以為始作俑者是因為老闆小氣苛刻。
後來發現老闆的「老闆」是房東、
房東的「老闆」是銀行、
廣告商、廠商、周轉、金錢……
似乎大家都在束縛中束縛他人。

如果大家都不想上班，
一起共識不上班，豈不得了？
這樣的理想卻沒成真。
大家持續為了既定的制度而工作，
依循崇高的法律或章程做事，
想要上班的是社會制度和欲控制他人的人。

我們，一個人緊跟著一個人，
長長的人龍頭尾相接，
填滿運動場跑道的長度，
全體有默契地向前跑，
繞著沒有終點的運動場。
若其中一人任意停下，可能會被踩踏而過，
於是沒有人敢停下來。

一圈又一圈，
我們前進到美好的新未來？
或是只在原地空轉？
又是誰先跑起來的？
如果沒有人想跑，能一同停下腳步嗎？

熟悉城市中的陌生角落

08

我以為我很了解這座城市：
便捷的交通運輸系統、
豐富的人文藝術表演、
熱鬧的市集百貨商圈。
在首都中生活的人，似乎都體面奢華、愜意歡樂。

有一次，
我走在街上，
無意間看見一旁的平房。
屋簷歪曲，窗櫺遺失，
柱腳水泥殘缺，露出硬撐著梁柱重量的紅磚。
關不上的大門帶領我的視線直達屋內深處那可能是廚房的陰暗角落。
沒有門的冰箱奄奄一息，
堆滿雜物的藤椅筋疲力竭，
牆角一大袋被壓扁的寶特瓶在袋中向外東張西望，
打量著自己的新住所。

我沒見著這間平房的主人，
不知道他的樣貌，也沒機會了解他的故事。

有一次經過一間滿是鐵具石輪的房子。
有一次經過一間堆著機車零件的房子。
有一次經過一間被如山的紙箱遮蔽的房子，
紙箱間狹窄的通道入口趴著一條有皮膚病的老狗。
我不知道這些場景的主角的身分和故事，
但我能想像到的可能的故事只有灰暗低沉，
勉為其難地慶幸他們至少還有棲身的房子吧。

這些房子也在臺北，
我從未踏進的臺北。
好像同個地點的異次元空間；
好像同個路口人來人往，
有貴族、有工人、有遊民、有擦肩而過但沒有交流。
這是號稱人人平等的社會，
也是看似共存共榮的城市。

KIRIN

荊人遺弓

09

荊人有遺弓者而不肯索，
曰：「荊人遺之，荊人得之，又何索焉？」
孔子聞之曰：「去其『荊』而可矣。」
老聃聞之曰：「去其『人』而可矣。」

原來古人思考的事情跟現代的我們也相去不遠。
其實人也單純，世界也單純吧。

幼時父母教育我不該浪費，
水、電、食物都是珍貴的資源。
那麼金錢呢？
我想，揮霍散出的金錢不曾減少。
我少了一元，對方就多了一元；
我占了便宜，對方就少賺些許。
何來浪費之說？
只是心疼自己曾經的「擁有」吧？

如果，對愛的人能不計較你的我的；
如果，對家裡人能共享吃的用的；
如果，對同鄉人、同族人能有同陣線的歸屬感，
地球上哪裡找得到陌生人呢？

從我手上失去的，利益了他人。
若視他人如己出，失去還是失去嗎？

信任的幸福

10

我曾經以為進步的現代社會，
已由法律和資訊等秩序調控，
傳統的人情和關係早就落伍。

我後來發現：
老闆願意信任我點完餐後晚點會來取餐付錢；
餐廳願意信任我訂位後某日某時會準時到場；
一些收費場所願意信任我只是進場找人找東西。
怎麼不需要我先交出押金呢？

原來我也願意信任：
點了一碗貢丸湯便信任老闆沒有少給一顆貢丸；
信任醫師的診斷與藥方無誤；
信任賣場的電腦沒有結錯帳；
信任買來吃的用的沒有毒害。
信任信用卡、銀行、政府政策、保險保單……
還是有沒有可能，穩定的社會只是一個巨大的謊話？

我們曾經不信任地劃分你我，
立自己的帳戶、開自己的車、買自己的房。
現在好像在重建信任的網絡，
私人民宿、公共廁所、共享汽車、公共自行車、公共圖書館……

原來，畢竟人是社會的基本元素。
人與人的情感與信任無法被法律或資訊取代。
或許有被欺騙的可能，
但我還是不放棄信任。
因為只有信任他人，才有可能幸福。
走在路上，
信任路人不會傷害自己，不就是最基本的信任嗎？

輯參

漣漪

原以為飛翔即自由自在，
卻在偌大空間中反覆碰撞。
靜止的花兒草兒，
徬徨亂舞的同伴。
外在的碰撞使我跌撞向另一個相反的方向，
又撞出下一個漣漪般的連鎖反應。

湖面滿布大大小小的漣漪，
水波疊加新新舊舊的漣漪。
有的波紋漸漸消退，有的波紋新生深刻。
不平靜的湖面映不出天的原貌原色。

心情決定世界的樣貌

01

心情差的時候，馬路上都是三寶；
心情好的時候，擋捷運閘門找卡的人也能原諒。

心情差的時候，鳥聲人語總是煩心刺耳；
心情好的時候，枯枝烏雲建地塵沙亦詩畫美景。

心情差的時候，早餐店阿姨的態度囂張不屑；
心情好的時候，便當店大嬸的嗓門精神活力。

明月是鄉愁還是浪漫？
雨水是憂傷還是情調？
陽光是灼熱還是溫暖？
答案可能如鏡中的我。
有時望著順眼的面孔和神情，是在心情好的時候；
偶爾盯著不滿的五官或痘子，是在心情差的時候。
原來長相會改變，
原來世界會改變，
只需要試著調整心情，世界的樣貌操之在己。

怎麼捨得討厭？

02

討厭的人隨處是。
欺負弱小的霸道同學、
指派超量工作的主管、
走路撞到旁人的路人。
太容易列出一長串討厭的行為和對象了。

但我真正了解他嗎？

想像他曾經是可愛純真的嬰兒，
是全家人捧在手心的至寶；
同理他也有一位愛他的母親，
即使他罪大惡極也不曾動搖母愛；
發現他形單影隻地在路燈下步向家門，
那份孤單和鬆懈後的脆弱展露無遺；
看著他在公車上打盹、在餐盒前扒飯，
一個為了生存而努力的生命，
我怎麼捨得討厭他？

以憎惡的心參與世界，討厭的人隨處是。

討厭使人沮喪，
使愛他的人難過，
使自己動氣疲憊。
何況，
一個生命怎麼捨得討厭另一個美好的生命？

低潮、深淵、絕望

03

聽過那麼低沉的吟吼，
在空蕩的低谷中迴盪。
像冷冽寒風反覆蹂躪，
呆滯癱坐暗谷底的我。

緩緩睜眼。
又醒了，
怎麼又醒了？
又得符合他人期待、故作堅強地度過一天。
倒不如長睡夢中，只消呆滯地癱著，
不用吃飯，也可以不用喝水。

驅使肉體，執行一整天的例行公事。
得吃飯、要喝水，
還要虛心接受旁人關心式的責備，
還要堅定答應旁人會開心活下去，
難道選擇快樂如點餐一般，能自由挑選？

終於！
又可以回到被窩了！
關掉手機和日光燈，關掉來自外界的訕笑和嘲諷。關心也免了。
屈身向自己取暖，遙望遠處點點窗光，回憶過往場場難關。
小時候的夢魘是不及格的考卷、摔破碗盤、被記小過、告白失敗；
出社會後恐懼的是向主管報告、工作失責、重病車禍、生離死別。
已經忘了當時的恐懼何在，已經想不起如何渡過難關，
只留下那歲那年的一行註記，
輕描
淡寫。

這次也能順利過關嗎？
也能成為一句輕描淡寫嗎？
時間推著我跨越一個又一個子時，我將仍舊徘徊谷底？或步步邁向花香？
遺忘我的陽光，是否終會直射我狹窄的天窗？
遲了些的陽光，我是否願意再等？

累了……又睡了……
若能如點餐一般自由挑選，
我會選擇永遠沉睡的長夜？
抑或選擇相信璀璨的明天？

04

煩惱的源頭

很喜歡心理學家阿德勒的主張：
「所有煩惱都來自人際關係。」

試想一座無人島上只有我一人，
沒有父母的期許所造成的壓力、
沒有長官的命令所造成的緊繃、
沒有同儕的比較所造成的傷害、
沒有社會的觀感所造成的約束，
的確很難找到煩惱的來源吧？

看來人際關係好像就是煩惱的來源。
那是否必須遺世而獨立，
斷絕一切人際關係，
才能幸福無煩惱呢？

會不會有另一種可能？
若能處在「無我」的狀態，
是否就可以沒有「他人」、「對立」、「人際關係」？
是否就可以沒有人際關係所帶來的煩惱？

我能想到最接近真正無我的是母親。
一般認知中的母親，因為愛，
是世界上最甘願為孩子付出、犧牲的角色；
是世界上與孩子最不分彼此、不計較你我的角色；
是世界上最願意無條件原諒孩子、愛孩子的角色；
是無我無私讓母子合一，沒有彼此之別。

如果你愛自己的孩子，
你也願意愛別人的孩子嗎？
他們是一樣的。
如果你愛自己的族人、國人，
你也願意愛世界各地的異鄉人和動植物嗎？
他們沒有區別。

如果無我，就沒有彼此；
如果沒有彼此，就沒有人際關係；
如果沒有人際關係，就可以沒有煩惱。

肉 25
蚵仔 60元
紅燒 60元
豬肝 60元
花枝 60元

世界上只有一種人

05

打破「我」和「他人」的界線，
世界上就只有一種人。
「值得被愛、被尊重的人」
包含我，也包含他人。
他人變得重要，如同我曾經重視的自己；
我變得不重要，如同我曾經忽視的他人。

若能卸除「我」的概念，
將同時溶解「人我」、「物我」、「環境與我」的概念。
不再煩惱別人攻擊「我」；
不再擔憂別人掠奪「我的」所有物；
不再提防別人剝削「我」甚至「我的生命」，
因我已不存在。

若能卸除「我」的概念，
所謂的人際關係就能很單純。
僅僅是兩個以上「值得被愛、被尊重的人」之間的關係，
消弭親子、醫病、勞資、商客既有的對立關係。
因為我們能體諒苦衷，能尊重善良，能付出關愛。
因為我已成為人類、生命、環境、宇宙的巨大共同體。

我也許如真空般毫不存在，
我也許如宇宙般廣納萬物，
我絕不代表這短暫的肉身。

與你無關的也將與我無關

06

自從遇見你，
你的星座成為我落在星座報導上的第一道目光；
你喜歡的顏色，在服飾店總特別醒目；
你住處的捷運站名，在我的神經迴路勾起一劑腦內啡，整條原本偏僻的捷運線也跟著閃耀。
街上看見你愛吃的東西，腦海便浮現你的笑臉；
網路上看到你喜歡的藝人和動畫，就能想像你欣喜地手舞足蹈；
而你的香水味是我無法抗拒的致命毒藥。

我才發現，
我的世界已被分析成你喜歡的東西和你不喜歡的東西。
而與你無關的也將與我無關，
彷彿你主宰了我的世界。
你主宰了我的世界。

狹隙間，偶爾恢復理智，
明白一切都是一廂情願的移情作用。
星座只是星座，捷運線依然是偏僻的捷運線。
因為愛你，
我的大腦為你形塑各種美好，掩飾各種缺陷。
偏心地愛上和你有關的一切連結。
你或許其實沒這麼完美無瑕、這麼可愛動人。
可究竟是什麼讓我如此迷戀、如此背棄理智？
甘願墮落在盲目的愛情海上載浮載沉……

像鑽進被窩賴床抗拒晨光一樣，
我鑽進巨大的粉紅色幻想和編織成網的夢。
網住自己，無心生活，逃避現實。
只有見到你的時候才真正感受活著；
只有見到你的時候才有脈搏和心跳。
或許這才是我遇見你之後的現實？

Yuchun
Sake

曾經這麼愛過

07

猶記得上一回心動，
那麼喜悅，卻也那麼痛。

愛了才深刻體會度日如年，
盼著他的訊息，每一秒都漫長；
猜著他的心思，每一刻都難熬。
一句短短的訊息，如春天百花亂綻！
一張開懷的照片，如夏天盛日耀眼！
已讀不回是秋末蕭條失意的惆悵，
久久未讀是嚴冬冰凍三尺之冷酷。
當絕望壯大，當心意已決！
又見他的一顰一笑，
竟輕易地將累世糾葛的情債一筆勾銷。

尋常的一星期，已是我的一世紀。
輪迴一遭又一遭，
只為卑微地求一點點關愛，
還得壓抑地撐起笑臉過日子。
明知放手轉身能重新笑著生活，
卻如飛蛾撲火，甘願扛下一道道甜蜜的利刃。

後來的我，
當愛上一個人，
我會義無反顧地愛！
有多愛，就多義無反顧！
同時數著日子，
觀察這份激情，
如一泡再泡的茶，
何日歸於平淡。

既然離別

08

自然的運行，我們無力改變；
生命的無常，我們只能接受；
與其傷痛哭泣，
何不坦然釋懷？

愛情中，分手屢見，輕鬆以對；
友情中，分道揚鑣，祝福彼此；
親情中，反目成仇，時有所聞。
離別，只是恢復我們原本的孤獨面貌。
有伴珍惜，孤獨自在。

若情比石堅，可喜可賀，
只離別仍舊等著我們。
必然發生的離別將延後至陰陽兩隔之時。
生命無常，死亡難料，可近可遠，
我想，珍惜相處的當下就是最大的收穫。

五月花

被討厭的勇氣

09

讀完《被討厭的勇氣》，
讓我對這份勇氣的培養更加堅持。

魚游水中，鳥棲高枝；
松柏耐寒，薜苔就濕。
生物各有習性，
人亦有喜有惡。
沒有道理，自然而已。

重視自我價值，發揮自然天性。
世界沒這麼多規則，
跟隨心快樂的方向。
把生命獻給興趣、喜悅、善良。
要是從善良出發，便不介意被討厭。
觀世音也會被討厭，
耶穌也被嗤之以鼻。
古聖先賢中，誰曾得世上眾人之心？
何況凡夫俗子如我？
被討厭的祂們依舊心持慈悲吧。

因為布朗尼，所以做自己

10

曾有一段時間，我熱衷於製作甜點。
原意是滿足自己的口腹之慾，
後來總分享最好的成品給身邊的朋友。

布朗尼是容易上手的入門甜點。
找到訣竅後，我做了一大盤滿意的成品分享給同事。
「很好吃耶！」
「我覺得太甜……」
「不會！我覺得剛好！」
「噢～夾香蕉我不行，下次要放核桃啦！」
「我比較喜歡鬆一點的。」
「這樣外脆內濕軟很讚！」

很快地保鮮盒空了。
下班後，我心滿意足地回家。
帶著空盒和甜點換得的豁達。
原來不需要辛苦設法滿足每一個人，
因為不可能！
請成為自己喜歡的布朗尼。
喜歡這樣的布朗尼的人會接近你；
不愛這樣的布朗尼的人彼此尊重。

成為自己喜歡的布朗尼。
如果因此而被討厭，
那也不過是自由的代價，而非過錯。
如果具備十足勇氣，
甚至連代價都稱不上，
不過是另一個人的想法而已。
我會選擇自由做自己，也尊重討厭我的他。

經歷你的經歷

11

幼時懵懂，
對於大人的語言有聽沒懂。
直到有一次，
我突然心悸了，我便知道我心悸了；
我失戀心痛了，原來心真的會痛；
我腰痠又背痛，那是媽媽曾掛嘴邊的難受；
我喜極而泣時，原來開心真的會掉淚。

人是單純的、差不多的物種。
也許我們真正的感受不完全相同，
但仍能溝通類似的經驗。
可絕非三言兩語能精準傳遞。
我若沒有經歷過你的經歷、
我若沒有感受過你的感受、
我若沒有嚮往過你的嚮往，
我就不懂，
也沒有評論的意義。
但也許我能給你真誠的陪伴和微笑，
攜手前行。

所謂同理心，
只是我們願意付出的努力，
不是他人理應接受的善意，
更不代表我們真正完全理解他人的內心。

誠意呷水甜

12

你的藍色不是我的藍色

天氣晴朗的日子，
我們仰望湛藍的天。
你說：「藍色好美！」
我說：「對呀，好澄淨的藍。」
可惜我們從來不會知道對方眼裡的顏色。

或許，你看見整片金黃色的天，
帶點琥珀色，綴以鵝黃色，
你覺得很美。
而我看見無邊的草綠色，
摻點橄欖綠，透著孔雀綠，
我覺得很澄淨。

那是我們一路以來被教育為藍色的色彩。

我們也不會知道，當對方面對一樣的客觀事實，
透過感官、傳遞到大腦，接著如何被解讀？
你說的酸甜苦辣，你說的喜怒哀樂，
委屈、難過、自由、熱情，
我都不曾懂。
但我渴望透過你的話語和眼神
想像，
屬於你個人，獨一無二的繽紛世界；
屬於你自己，他人無權左右的絕對感受和想法。

我全然尊重，全然欣賞。
不評斷不辯論。
因為我沒有權利，
也因為我不曾真正懂你。

換作是你，你看到什麼顏色的天空呢？

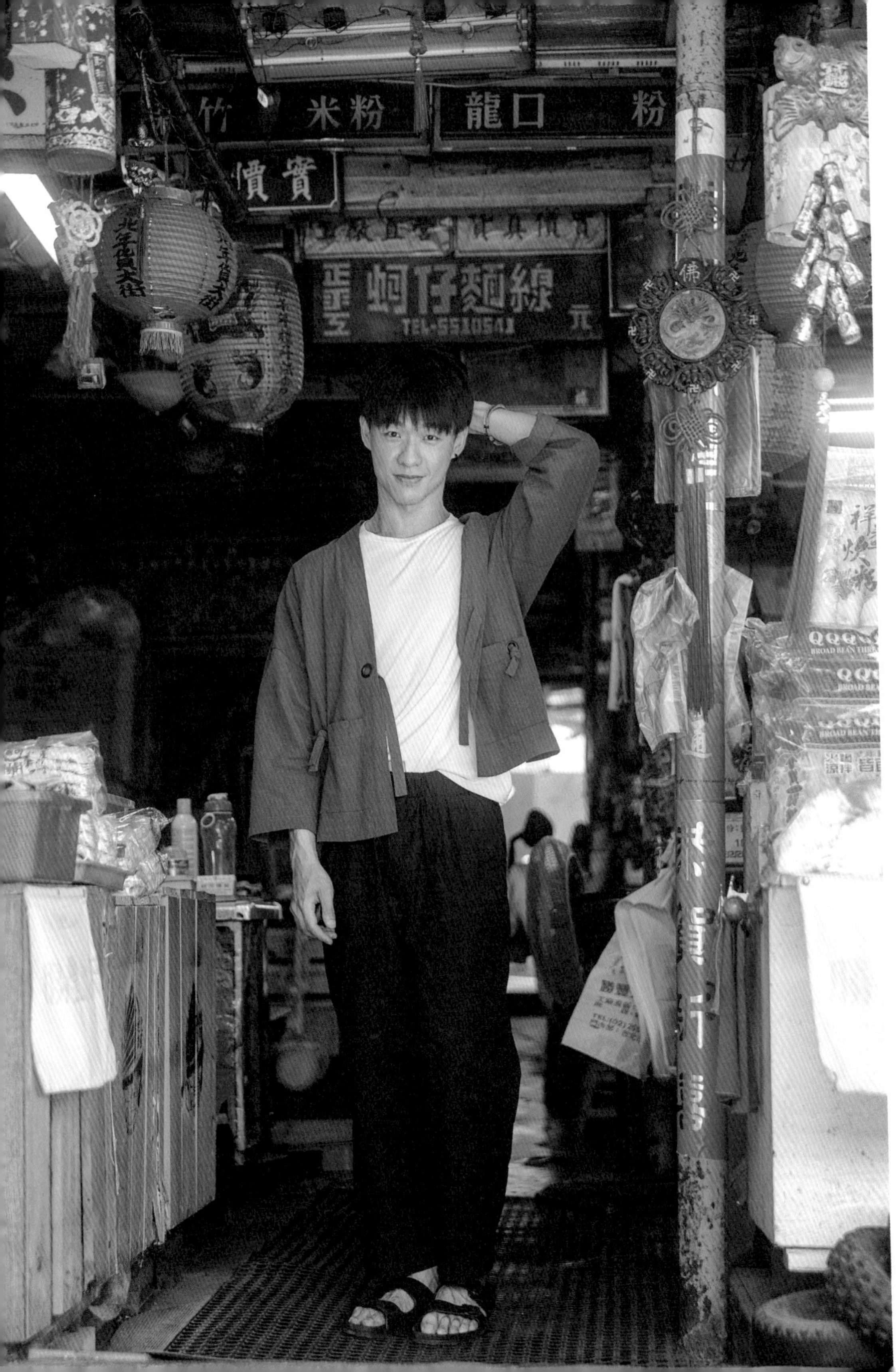
竹 米粉
龍口 粉
蚵仔麵線
BROAD BEAN

輯肆

清穹

稍稍整理原本完整的雙翼，
檢視一路上脫落鱗粉的缺口，
雙翼已不如破蛹時絢麗，
不知是否換得幾度成長？

棄高飛低，
當人人求高求廣闊之時，
低空竟意外地更加寬闊。
沒有競爭和碰撞，
飛得慢也飛得低。
掠過一池湖水剎那，
我看見清穹之色。
我看見彩蝶倒影。
原來自己的樣子這麼獨特；
原來自己的美自始俱足，從不在他方。

永遠第一次

01

人生從現在開始。
現在的經歷是第一次，
過去的經歷已然沉沒。

孩子第一次舀湯，難免失誤，值得一份原諒吧？
父母第一次照顧孩子，難免生疏，值得一份寬容吧？
實習醫師第一次面對急症，難免慌張，值得一份體諒吧？
即便父母照顧過老大、老二，
也是第一次照顧老三、第一次面對一個新的人。
我們永遠都是第一次，在此時、在此地，面對此人、此事。
不需要怕犯錯，也大方地對他人和自己多一份寬容。
在意少一點，釋懷多一點；
猶豫少一點，勇敢多一點。

過去的經歷如經濟學的沉沒成本。
滿意的、懊悔的，都已沉沒於時間的深海。
無法挽回，無法調整，無法再得。
幸運的是我們還能掌舵，航向未來。
隨時可以自由決定此刻航道的方向。

你說人生是否從現在開始呢？
過去的好壞已隨風而去，
未來的視界能不怕犯錯地爭取。

02

快樂是呼吸，自然而然

你是否為工作焦頭爛額？
你是否為家庭暈頭轉向？
在忙碌的縫隙間，回過神，深吸一口氣，
我才發現快樂這麼簡單！

「我能呼吸呢，真好！」
這樣想著，我不禁嘴角微翹，
這就是所謂的當下吧！
此刻吸一口氣，便能感受美好。
健全的呼吸系統、
乾淨的新鮮氧氣，
對某些人而言，這確實並不容易呀！

是不是習以為常，所以你不重視了？
是不是眾人皆能，所以你不稀罕了？
你權衡過呼吸和工作嗎？
你權衡過呼吸和財富嗎？
何者能得到你的青睞？
我認為呼吸是上天博愛，賜給眾人的貴重禮物。
如果眾人都能珍惜感恩，
還有誰人無法感受快樂？

烏雲般的壞心情

03

我們都有壞心情，或多或少；
壞心情好似烏雲，又黑又重；
烏雲罩著我窒息，無處可逃。

靜靜觀照，耐心等待。
再黑再重，烏雲都將散去；
不遲不早，天空自然開闊。
烏雲無常，無垠的天空與溫暖的太陽不曾改變。

無垠的天空是開放的心性。
就像自己放假時看人潮來往、車水馬龍，
用輕鬆的心情觀察忙碌的人事物，
用開放的心性觀察紛亂的情緒生滅，
心在路邊理性平和地觀察、不受動搖。

厚重的烏雲是暫時的情緒。
曾在高速公路上見證晴雨交界、乾溼相接，
或從飛機窗口、衛星雲圖，看見雲的渺小與變動。
雲的生成與形狀我們無法控制，
雲的累積與消散順應自然形成。
情緒如雲，範圍有限、自然積散，不曾實質地砍傷我。

知其不可奈何，而安之若命。
知道操縱不了高空的雲，就微笑接受。
仰望浮雲，靜靜觀照，
耐心等待，終將撥雲見天。

37.2

宇宙

04

能活得像輕風一樣逍遙嗎？
能活得像宇宙一樣自在嗎？

有一座喧鬧的城市，
高樓林立、科技先進、經濟繁榮。
看不見的高空裡，滿是攜載資訊的電磁波；
地面上，有個車水馬龍的五叉大路口。
往來的車輛密布，行人依燈號穿梭不止，
有人笑談，有人急行，有人爭執。

在偌大路口的正中央，
我隨著空拍機垂直上升。
視野大了，景色小了，
一排行道樹變成細長綠絲；
一群人車成了粒粒黑芝麻。
衝突縮成一個點，恩愛化成粉末。
聽，鬧哄哄的城市中，已分析不出語言。

到平流層，稀薄的風聲。
到熱氣層，遼闊的寧靜。
黑色的外太空襯托星球，
星球顏色依舊清晰亮麗。
耳朵好像聽到了聽不到的聲音，
可能像耳鳴的聲音一樣，
可能像貝殼裡的聲音一樣，
其實好像也忘了聲音是什麼？
忘了重不重要？

再遠離，再逃離！
太陽不熱了，
木星不繞了，
銀河系靜悄得令人害怕，
空間黑得令人敬畏。

再遠離，再抽離！
終於看清完整的宇宙，
像股掌間把玩地球儀。
終於更接近實相，
宇宙小了，心量大了。

空拍機哪裡去了？
站在路口的我被綠燈提醒向前，
身邊的喧鬧喚醒雙耳。
有人笑談，有人急行，有人爭執。
笑什麼？急什麼？爭什麼？
這片宇宙中，
超新星爆炸或許尚且不被在乎；
就算地球爆炸，宇宙依然靜謐，
地球上的我還能有什麼重要大事？

時時逍遙遊乎太空虛無之間，
事事無所謂於方寸胸次之外。

05

鴕鳥心態？

大地塵土廣闊無邊，
與其掃淨，不如穿一雙草鞋；
世界喧囂吵雜不休，
與其遏止，不如戴一副耳塞。

因為有波長 400 至 700 奈米的可見光，
以及健全的視網膜、視神經、大腦枕葉視皮層，
混合個人性格、過往經歷、當下情緒，
我們才解讀了所看到的世界。

因為有頻率 20 至 20000 赫茲的可聞波，
以及健全的耳膜、聽小骨、聽神經、大腦顳葉聽皮層，
混合個人性格、過往經歷、當下情緒，
我們才解讀了所聽到的世界。

因為任兩個人，不會擁有完全相同的器官、神經連結、生命經驗及情緒，
所以任兩個人不可能感受到一樣的世界。
既然沒有絕對的世界，
何不解讀出一個令自我舒服自在的世界呢？
遮住眼睛就看不到、
摀住耳朵就聽不到，
選擇自己合意的外在現象，
建構自己舒服的內在世界。

如果你說這是我的駝鳥心態，
我說你也只選擇性地接觸小部分的世界。
除非你能欣賞紫外線、感受超音波；
除非你潛過深海、遨遊高空、踏過七大洲。

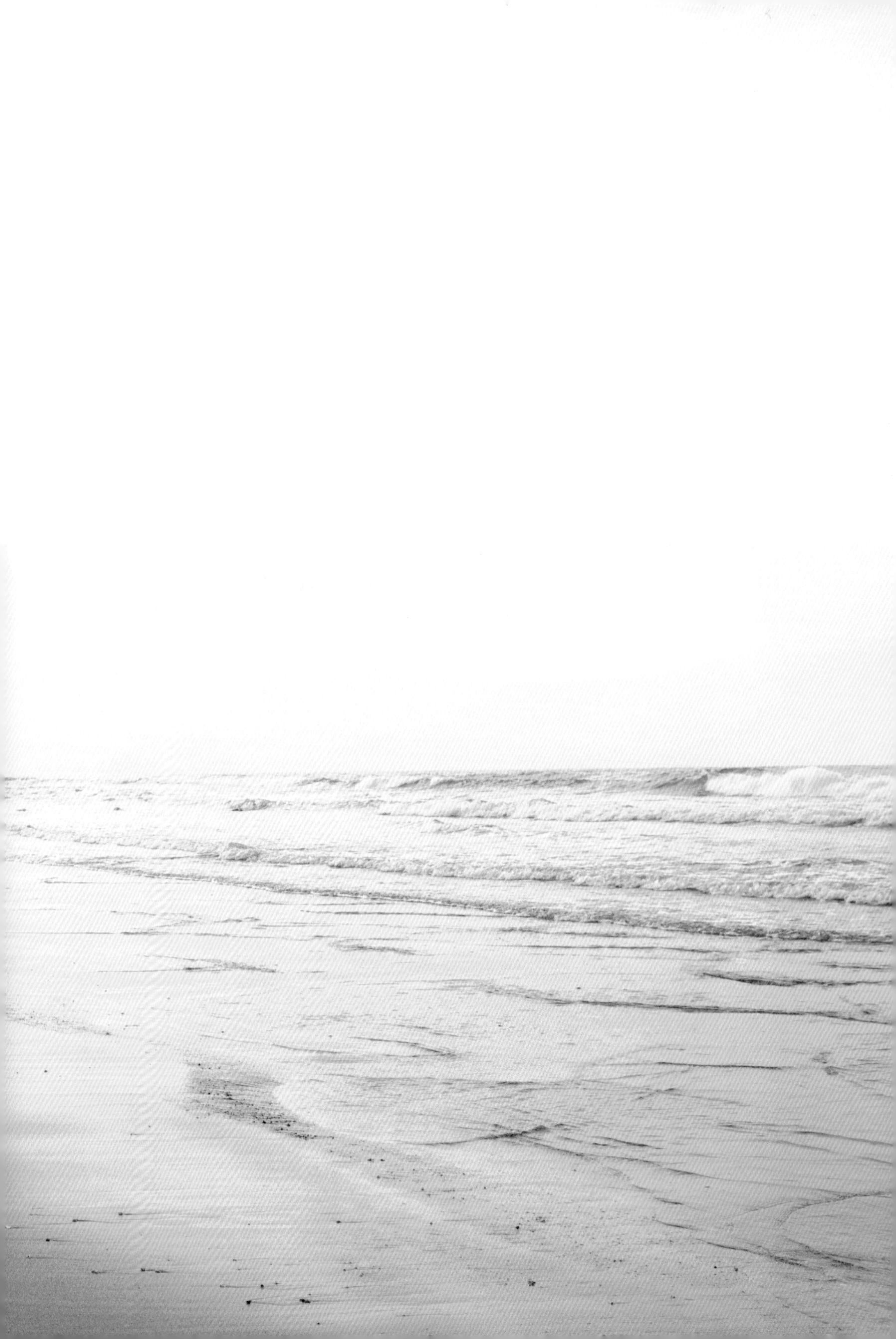

人生馬拉松

06

你有正在追求的目標嗎？

在官場職場追求更廣的人脈、更大的權力嗎？
在事業財富上追求更多存款、更高的成就嗎？
在學術知識的領域追求通曉學理嗎？

我對於「追求」的理解是——
辛苦而努力接近一個預先設立的目標。
若達成目標，我們會享受短暫的成就感及快樂，
然後可能很快便感到厭煩與不滿足。
於是再設立另一個更高遠的目標，
好讓自己有投入心力的對象。
我們常祈使雙腳有方向，依賴之，才不慌亂於人生的賽道上。

然世界之大無垠無涯。
錢永遠可以更多，權永遠可以更大；
人脈可以更廣，學識可以更深。
如此沒有終點的馬拉松，情何以堪？
何不以原點為目標，嘗試歸零？
一個扎扎實實的終點，
一個無限可能的初心，
一個回歸寧靜的菩提。

人生馬拉松的賽道上隨處是原點，也是終點。
若是累了、乏了，
兩側更是隨時開放的綠蔭草地，
歡迎任何身分的人隨時歇腳乘涼。
看人來人往，聽風去風至。
無論勤奮或休息，
只要安住在每個當下，
享受每個追求的過程，
我們已在成就的終點。

遊戲人間

07

還記得小時候和弟弟搶玩具的勢在必得；
還記得要貼滿貼紙簿的處心積慮，
後來老書桌底下的舊紙箱，是它們的歸屬。

還記得在大富翁遊戲裡爭權奪利、反目成仇；
還記得在扁扁和彈珠的遊戲中大打出手，
後來都忘了到底在爭什麼，
在大人眼裡的我們，是不是無聊和幼稚的代表？

長大一些之後，離開學校。
曾經為之忐忑、焦慮、計較的成績和名次，
突然消失得連灰燼都不剩。
到底是需要認真對待的東西？
還是我們作繭自縛的幻想？

一場痛徹心扉的失戀之後；
一部揮之不去的電影之後；
一筆大起大落的投資之後，
得失如離人的背影漸遠漸小，
輸贏如昨夜的夢境亦虛亦幻。

大富翁只是一場遊戲，將結束又何必在意得失？
求學路只是人生中的一段，是不是一場遊戲？
買賣股票、投資房產、選舉當官，恍如實境大富翁。
還是說，
人生也不過是一場終將結束、不必計較的遊戲？

執著

08

執著二字在你腦海挑起什麼樣的畫面？
停不下賭博的執著？
放不開金錢的執著？
忘不掉愛情的執著？

我所認知的執著是一種固執，
對於無法控制的外在人事物的固執，
強烈希望一切能照著心裡的劇本演出的固執。
若合意便開心，
不合意便惱怒、悲傷、憂慮。

除了賭博、金錢、愛情的執著。
「為了你好」的執著、
「擇善固執」的執著、
「助人為善」的執著，
不也是執意控制外在人事物的固執嗎？
執著無大小、善惡、優劣之分，終須放下。
放下執著就是隨緣，就是一句罷了。
換來平靜的心，開闊的天。
既然無意，即無合意、無不合意。

當局者迷，
旁觀者清楚地明白放下執著才能迎來喜悅，
否則便是把喜悅的權力交諸外物，
失去對自己身心的自主權。
身為旁觀者，
我們能對他人的問題分析得頭頭是道。
當自己遇到問題，成為當局者時，
是否能讓自己同時扮演領路的旁觀者，陪伴自己？

沒有放不下的執著，
只有不願意、不甘心、不捨得。

無常

09

無常像空氣，
很虛無，卻很真實。
輕描淡寫地闡明世上沒有恆常不變的事物。

燃燒的木柴會化作灰燼；
絢爛的煙火會變為塵埃。
好短暫的無常，令我感嘆！

新出生的嬰兒已經開始老化；
甫漆成的牆面已經開始剝落；
剛落款的宣紙已經開始泛黃。
好狡猾的無常，令我不知不覺……

每天洗著一樣的碗盤，突然有天摔破一件；
每天踏著一樣的樓梯，突然有天踩空一階。
每天走著一樣的路徑，突然有天踢到桌腳；
每天用著一樣的筷子，突然有天咬缺門牙。
好搗蛋的無常，令我啞口無言。

摔車了、中風了、長瘤了、停止呼吸了，
是我見過最無情的無常。

無常不全是負面的。
但負面的事情往往比較深刻難以接受，
而正面的事情通常被貪婪地視為正常。

我記得中彩券的驚喜，
也記得墜入情網的幸福，
還記得路邊巧遇的曇花和蝴蝶。

無常中性，無劣無優。
每一個當下都獨特且不停留。
我欣賞、經歷每一個當下。
就像游泳划水的手指，
觸摸每一道水流後，
不眷戀地與曾親密接觸的水流擦身而過。

祈禱

10

佛寺、教堂、清真寺、無垠的天際，
無關乎宗教，
是眾人的集體信仰。
一顆顆真心，一份份意念，
堆疊。

合十的掌在胸前駐留，
殷殷的眸向遠處投射，
沾土的雙膝、顫抖的心。
你怎能不牽掛隨著香煙繞轉而上的是怎樣的祈禱？
或許是不知足的貪慾，
或許是好卑微的乞求。
香火只是香火，希望卻是希望呀！

堅強的人，脆弱的空洞，
只敢在神的座下袒露。
向祂傾訴，也和內在溝通。
是不是神就在心中？
願一切傷者、苦者、悲者早日微笑。

最後一次

11

赫然發現，
原來那次就是最後一次了。

開心地道別，約定下一次見面；
離開熟悉的老地方，或許根本沒考慮下一次。
面對未來，我們總有信心，一切如常。

卻是回過頭才發現，
原來那次就是最後一次了。
再看到祂，只剩一張遺照高掛；
再點開訊息，空白了好久的對話紀錄；
再回到舊址，深鎖的大門和結束營業的告示；
再拜訪故鄉，好像一座新面孔的城市；
再撿起碎片，已經是還原不了的一地曾經。

繼續順著時間昂首前行。
不同的是，我會更珍惜可能是最後一次的每一次。
如果有很多個最後一次，可多幸福。
如果真的成為最後一次，也無憾了。

創作幕後

生活在思想與空白之間
——Yilian的房間

可能我總是想太多，或想到出乎常人意料的事，所以朋友常問我一句話：你的頭腦到底都裝什麼？

我不知道，也許是一群吵雜的腦神經元吧？無論我看到或聽到什麼，它們會開始提問、質疑、辯論；當我安靜下來，不看也不聽，它們會有點慌張，催著我去找點事做。

記得小學時，功課不多，常和姊姊弟弟在家裡跑上跑下，自得其樂。但要小心不被爸爸撞見，否則他會說「書都讀完了嗎？」我只能不作聲拖著腳步回房間，隨意搬動桌上的書，等著低氣壓過境。如果我先讀完段考範圍才開始跑上跑下，被爸爸撞見，他會說「書都讀完了嗎？」當我自信而大聲回答「嗯」，爸爸會再使出王牌絕招：「書是讀不完的耶，知道嗎？」雖然輕聲而溫柔，卻是毫無破綻的一擊。

子曰：「學如不及，猶恐失之。」我該讀幾本書才能和姊姊弟弟開心地跑上跑下呢？現在的我雖然不再需要段考，但既然學海無涯，逍遙也無期吧？於是我的自得其樂被主流教條宣判了死刑。

在學習，博學篤志或許不容質疑；但在人生，豈止學習重要？關起門來，我希望我的房間——我的王國——能縱容我完全自在輕鬆的模樣。

一枝靜靜等我有心情才沾墨的筆；窗邊自顧自生長、陪著我醒來的植栽；裝滿空間的玻璃櫥櫃（雖然有點霧，但那不是髒，是自然的塵埃）。空間帶給我自由的感受，而多餘的傢俱與物品會侵蝕這樣的自由。

記得爸爸初次來訪，他笑說「怎麼像沒有人住一樣」。願我身體輕靈，腦神經靜悄。居住在空白的屋裡，心神逍遙遊於天地之間。

愛

特別感謝

拍攝協力店家
（依筆畫順序）

POPURE	popure.com.tw 實體門市：高雄市 803 鹽埕區大勇路 76 巷 2 號 3 樓
Everyday Beautiful Day 日日好花 & 美天咖啡	02-2559-3775 臺北市 103 大同區赤峰街 28 號
沒有名字的咖啡館	02-2408-1952 新北市 208 金山區永興里跳石 4 號
勝豐食品有限公司	02-2553-0541 臺北市 103 大同區迪化街一段 154 號
臻味茶苑	02-2557-5333 臺北市 103 大同區迪化街一段 156 號
藤家庭料理	02-2561-9376 臺北市 104 中山區林森北路 85 巷 67 號

Onwards & Upwards 001

你的藍色不是我的藍色

Yilian 游泳教練首部寫真散文，那些歸屬感、幸福感，以及勇氣和愛

Your Blue Is Not My Blue

Yilian's Photo Essays on Self-Identity, Courage & Love

(Speical Limited Edition)

作　　者　Yilian（Yilianboy 游泳教練）
主　　編　林昀彤
特約主編　周奕君
編輯協力　陳品潔
封面設計　走路花工作室
內頁排版　走路花工作室
書名與部分內文英譯　林步昇
攝　　影　nobody（阿傑）
妝　　髮　林竫（Reiko）老師

社　　長　郭重興
發行人兼出版總監　曾大福
印　　務　黃禮賢、李孟儒
編輯出版　遠足文化事業股份有限公司 拾青文化
　　　　　官網：www.goeureka.com.tw
發　　行　遠足文化事業股份有限公司
　　　　　http://www.bookrep.com.tw
　　　　　23141 新北市新店區民權路 108-2 號 9 樓
　　　　　電話：（02）22181417
　　　　　客服專線：0800-221029 傳真：（02）86671065
　　　　　郵撥帳號：19504465 戶名：遠足文化事業股份有限公司
　　　　　法律顧問　華陽國際專利商標事務所　蘇文生律師
印　　刷　前進彩藝有限公司
初　　版　2020 年 11 月
定　　價　600 元
I S B N　978-986-99559-1-1

國家圖書館出版品預行編目（CIP）資料

你的藍色不是我的藍色：Yilian 游泳教練首部寫真散文，那些歸屬感、幸福感，以及勇氣和愛 / Yilian（Yilianboy 游泳教練）著 . -- 初版 . -- 新北市 : 拾青文化出版 : 遠足文化發行 , 2020.11
160 面 ; 17 × 23 公分
ISBN 978-986-99559-1-1（平裝）

863.55　　109015831